深蓝

小西 著

中国海洋大学出版社

青岛

小西，原名张桂芬，山东青岛人。

有诗歌发表在《人民文学》《诗刊》等多家文学期刊并入选多种选本，部分诗歌被翻译成英文发表；曾获中国第三届红高粱诗歌奖、首届诗探索·中国新诗发现奖等；参加过《人民文学》第四届"新浪潮"诗会；著有诗集《蓝色的盐》《风不止》。

自序

和上一本诗集一样，这本书的出版，我仍坚持自己写几句话。

只有自己，才能真正体验与每首诗亲密无间的过程。这个过程不全是喜悦和激动，还有分歧和挫败，那是作为写作者的真实感受。

在我眼里，人到中年还在看着诗，多么幸运；看着又写着诗，何其幸运！

几十年生活在大海边，它每天都会呈现出无数种蓝，我更爱很多蓝中的深蓝。正如我诗中所言："这是一种冷静的，带着毛边的颜色，正义无反顾地奔向我的中年。"

祝每一个人，都有一个安然的中年。

愿每一个人，在不经意间读到这本书时，即便是误读，内心也充满了诗意。

2022年初夏

小西写于青岛西海岸

目　录

第一辑

多年以后，朋友们

多年以后，朋友们

我们也许会并排坐着
喝喝酒，回忆过去
也可能面对面坐着
彼此沉默，但很平静。
因为灯光变幻，桌子上的花纹流动
一棵树重新站起来
我们看到了它挺拔的过去
以及在山里所经历的秘密
衰老让大家拿不动一把斧头
也断了冒险的念头
可我们仍愿意放下酒杯，想象那
充满激情的一刻——
新鲜的木屑啊，在危险的斧头周围飞溅

我们要热爱雨水

夜里，一些坚硬的事物在瓦解。
从雷声里
我能分辨出一棵树在抽泣
似乎所有的问题都集中到叶片上
椭圆的，或是狭长的
它们正置身于一场暴雨中
我们也是。
只要打开窗，伸出手
就能摘下一片颤抖的自己。

细节令人着迷

我们转动门把手
而门把手也在转动我们
所打开的世界不是新鲜的
但确实又和前一刻不同
一些微妙的差别，才令人着迷。

比如香气充满兰花的身体
在木窗的镂空中飘来隐约的一缕
恰好落在杯沿之上。
又如冬日寂寥，一头笨拙的熊
突然从雪堆里爬出来
你以为惊喜不过如此
但紧接着，爬出一头更小的熊

早 春

你所质问的
并不总是有回答。
远远看去
山上开的可能是早樱
也可能是紫叶李
仅凭颜色的判断
容易对一只飞鸟产生误会。

衣角保持着沉默。
被大风掀起的是伤痕
或是海水难以淹没的情绪
礁石站在浪尖上
等着人们再次抛出鱼钩

有鱼不断地浮出
有鱼迅速地沉潜
好比我们的写作，笔尖顺从了这些
就等于拒绝了那些

叶子上的虫洞

坐在植物中间
并不感到拥挤
我从一枚叶子的虫洞中
发现一辆红色的汽车开了过来
车轮飞速地旋转
叶子上的虫洞在扩大
我几乎能看清驾驶员宽阔的脸
以及分布并不均匀的麻子
他在打电话。
他说"亲爱的"，这个愉悦的词
在厚嘴唇边走来走去
然后他减速，把车停在
即将断裂的叶脉上

另外的月亮

月全食的夜晚
因为雷电和雨
我获得了另外的月亮
它不在天上
却沾满新鲜的泥土坐下来。

作为一个人和一个物的对应
很庆幸我们只隔着茶几
而非天地之间，那么遥远的距离
来谈古论今。

但随之又觉得遗憾
在黑夜里，我们都很黯淡
并没有发出传说中的光芒

辛丑年桂花迟开

走廊空旷而漫长
到尽头时，幸好有几棵桂花
用香气结束了这种不安。枝头上
每朵花紧密地连着另一朵
它们没有时间虚构
也没有缝隙容忍其他。

我们之间是有过对话的
在去年，或者更久
关于年轮，土地，伤疤和女人。
被推倒又重建的屋顶上
鸟们并没有在雨中飞走
我站在那里，被其清脆的歌声所打动
没有乐谱和指挥
一切都是那么自然而然
又无可挽回地从瓦片上流下来

夜听春雨

灯光从舞台上退场
演员们在幕后卸妆。

一棵病重的柳树
有很多悬而未决的心愿
还没达成。

天地间只剩下春雨的声音
从尘世的缝隙中溢出来。

一整夜,虚无都在辗转反侧。
有时状如枕头
有时貌似流水。更多的时候
它是一扇疲惫的窗子
被无数银亮的雨鞭子,抽打着
玻璃作成的心

一 天

她烤面包
整座房子盛满了奶香

她读亚当·扎加耶夫斯基的诗
从那些句子里
得到了第一两黄金

暮晚推窗，黛瓦上
落着一群白鸽
两只亲吻，三只梳理羽毛
五只站在瓦楞上小憩

这是十个雪白的词
因为美妙
阴郁的天空，突然有了光芒

深　蓝

染织大师志村福美曾描述过
染瓮里叫作"瓮伺"的颜色
是蓝晚年的颜色。*

而大海是一个天然的染瓮
不需要任何人插手
它所酝酿的颜色
仅仅是蓝，远远不够
还需要在蓝的思想上
再加以强调和重复
才能建设出来的深蓝

这是一种冷静的，带着
毛边的颜色，正义无反顾地
奔向我的中年

*引自志村福美的《一色一生》。

叙　述

我们沉浸在叙述里
忘记叙述的本身是一口井
周围都是湿滑的青苔
将要跌落时，伸出援手的
不是垂在阴暗深处的井绳
而是身边的桂树。

当叙述把注意力
转移到植物的香气上
仿佛某种并不具体的爱情
在树枝上晃动
我们想要靠近它，不止一次。

亲爱的土豆

坐在土豆中间
想起基大利说
如果你的敌人倒下
不要欢喜，但也不要帮他起来

亲爱的土豆不会这样想
越是在深深的泥土中，它们越是
抱得更紧

当暮野四合，汽车来了
亲爱的土豆，我们终将分离
虽然这一切与自由自在无关
仍愿这短暂的一生
我们都能从"亲爱的"开始
并以"亲爱的"结束。

西　瓜

日落之前
望着满地的西瓜
我冲父亲抱怨太累了。
他每次都抱两个西瓜从我面前经过
他有些吃力
不知道自己所剩的时间已不多。

我也不知道
我坐在路边啃西瓜
甜蜜的汁液，顺着指缝流到裙子上
没有谁来告诉我们
那年地里长的都是悲伤的西瓜
我们正忙着把悲伤，一趟趟运到路边

旋　梯

犹如吊扇的铁片
削薄了空气。而我就站在那铁片上
一圈圈旋转
我承认自己很脆弱，尤其在幽暗的屋子里
找不到可信赖的事物。

时间在双脚交替中消亡
每上一个台阶
就会有一种神秘的声音来回应我
快到尽头的时候
天窗洞开，固执地给了我
一小块长方形的光。

赖有诗

写诗越来越难
当我从激情中抽离，退后
远距离地观察
一匹马吃草的姿势
只有在不太饥饿的情况下
它才能从一大片草地上，分辨出
美味与果腹的区别

说穿了，诗里有很多不同的我
虚伪或者真诚的。
而语言是拴马的绳子
它决定了我和一匹马之间
所建立的关系
是松弛的，还是紧张的

一小块大海

寒潮来临
我们的大海变得结实
浪花已经卷不动了
停在岸边。

一个好奇的孩子，拿着铁铲
铲掉一小块大海带回了家
他很兴奋，把这一块大海
放进客厅的盘子里

之后伸出
胖乎乎的手指头
一股直径约为十毫米的暖流
即将穿过大海零下十七度的身体

鞋　匠

他专注地敲打着
一只奶油色高跟鞋
时间磨损掉的部分
他正竭力帮我修补
空气里有槐花碎裂的甜香
每一锤下去
香气就随钉子深入一分。

期间，有个孩子取走了修好的书包。
他重新坐下，敲下最后一锤时
落日，也被结实地钉进了大地

2021 年的第一天

回到乡下
看见 2020 年的雪
还在 2021 年的屋顶上白着。

这时登高眺远
才发现荒野寂静
但不会被别的事物随意点燃。
更没有哪一棵树
将耳朵附在另一棵树上
进行时间的教育。

它们把时间这个东西
从左手自然地递到了右手
像一瓢水，从大缸舀进陶罐里
一枝野花，在等着它们。

太阳也宽宥了过往
在街头妇人的怀里坐着
婴儿那般澄明安静

祝你一帆风顺

下午五点，站在二楼往下看
一个戴着橙色安全帽的建筑工人
正准备过马路，他怀里抱着一盆
绿色的植物。风很大
他不得不用手小心地护着
像护住某个明天
或者一个希望

我知道那植物的名字
它叫白鹤芋，也叫一帆风顺

写海水

写它的蓝
它的紧张
它的失败和重蹈覆辙
以及平静，如果无风。
写它把一些人送入海水深处
把另一些人轻轻托举到岸边。

用大雨，残雪写
坐在田野里，火车上写
撬开时光的缝隙写。
可费尽笔墨，也只能写出
它袖口故意露出的破绽
写不出线头突然消失的原因

兰花赋

街市人头攒动
是我先钟情于你。
将你带到一座旧楼
在这闹市里隐居。

大多数暮晚，坐在阳台上
与你厮磨。我们促膝长谈
使用过别人的肺腑
话及爱恨情仇。
痛快啊，当茶盏落地破碎的瞬间
也会在这江湖中，放声一恸

偶尔在卧室的灯影里
凝视你细长的叶片
这狭窄的思想通道，火车一辆辆
从中穿行。那时你听得见
狐狸的尖叫，群山的低吟。
而年少的我推着自行车
正艰难爬上泥泞的陡坡
回头看时，月亮竟比村子大。

那么，到底是什么
让我们来到了这里？
日复一日，共同吃掉时间的灰。
可你愿意开花给我看
在捉摸不定的香气里

人头攒动，是我先钟情于你。

初冬降下大雨

少见，但又自然而然
仿佛理应降下一场大雨，而不是雪。
这不是祈求而来的
是干渴本身。干渴是一个人
或者一头大象
迫切想让血液重新回到心脏
以此弥合内在的裂缝。
要扔掉伞，迎着风
站在空旷处，才能察觉到
它冰凉的蹄子，落下来的重量

我发现了这个秘密

植物不可能缺席
它们一直在那里
静默，隐忍着。
它们不愿待在卧室
尤其不喜欢看起来体面的客厅
先后有人进来，脱掉鞋子
夸张的寒暄，使人厌倦。

长时间的自闭，令它们的耳朵朝内翻卷
大家忽视了植物的听觉
在这场聒噪的辩论中。
我发现了这个秘密
把它们挪到阳台，并循环播放
米沙·埃尔曼的小提琴曲
只有我和它们在听
这是旁人不能理解的交流。
以及旁人看不见的舞蹈
在我们的身体里跳了一百遍
或者更多。

在山中

想从容地横穿树林
已变得困难，只有鸟鸣
才能进入繁枝茂叶间的缝隙

槐花亦开到了尾声
那种不气馁的甜
似乎更为持久

我闭着眼，坐在石头上倾听
溪水很细，大约是一棵
中年刺槐的腰那么细
它的"树干"里流淌着强大的寂静
令我迟迟不敢出声

合 欢

打开窗，都是合欢。
粉色的花居多，米黄色的只有一树
穿白裙子的女孩站在树下格外醒目。

每个人的呼吸，都被甜美
赋予更多的想象。
我走过去抱住它的腰，它的手正指向远处——
浮在海面上的是座极小的山
但一抹青翠
仍压住了大片不安的深蓝

在博物馆里

灯亮了
光线穿透了玻璃柜
企图唤醒这些沉睡的器物
突然有个汉代的陶人
微笑着站出来

她的旁边，一个小的陶人
已经没有了鼻子
仿佛时间在黑布上蹭了一下
立体的部分消失了
只剩下了平面

陶人们十分安静。
这是一种经历了水火，战争，恐惧之后的
咄咄逼人的安静

我不由往后退了退
发现藏在历史的背后
有双两千多年的手
正在为他们的衣襟描上褶皱

到底去了哪里

女人瘦而薄，像一张纸片
在春风中走着。
一条棕色的狗跑在前面
它很温顺，时不时停下来等她。

站在一株紫藤下
倔强的它，竟长出
这般柔软的枝条。
干涸的小溪，因为下雨
也有了新的水，新的鱼。
没有人去计较那些旧的东西
到底去了哪里

我们喜欢探索的未知
它藏在陌生植物的香气里
正引领着一双鞋子
走向空寂的深处

暮春雷雨大作

下午三点
细小的闪电从人间穿过
雷声像是两种钝器锤击时
传来的回声，之后大雨
斜着插入地面

树木摇晃，只剩下模糊的影子
爬山虎早已找到了
去年埋伏好的路径
牢牢地占据了一面石墙

我打伞路过那里，抬头向上看时
它探出柔嫩的枝条
在雨水中发出轻微的咳嗽
并向我投来脆弱的一瞥

水　仙

光线消解了夜里的暗
有些事物，需要重新构建
在纸与笔墨的皴擦之间。
一盆水仙，突破了紧裹的自我
满目流翠，自窗台上渐渐升起

二十天后，第一朵少女
率先在山河的薄雾中领舞
香气并未散去
被鹅黄的领结紧系在喉间。

可以想象的是
等十六朵少女的裙摆次第打开时
这艰难的一年应已走远
她们将在沸腾的人间旋转。

但光鲜的时日，仅有月余。
如同一出老戏，我已掌握

全部情节的跌宕，水袖的起伏
却仍愿在动情处
献出善意的喝彩和掌声

落雪的椅子

去年冬天
在重庆的仙女镇上
小院里有几把落雪的椅子
我隐约看见——
加缪，卡佛，苏轼，茨维塔耶娃
坐在那里，他们使用漫天的大雪交谈
关于荒诞和现实，文学与爱情。

聊至深夜，大雪未停
我站在楼上看着他们一一消失
最先披着蓑衣离开的是苏轼
之后是双眼深陷黑夜的茨维塔耶娃
加缪起身，把嘴里的烟蒂扔进雪里
最后走的是卡佛，在 1988 年。
那时我刚上中学，非常在意
书包上的那个破洞

朗诵会

你来了
请找个地方坐下
楸树还有叶子
过几天，叶子也将全无。
我们之间
只剩下了雪。

那么，骄傲的雪
也请你找个地方坐下
罗伯特·勃莱的照片挂在墙上
他的诗，被另一个人朗诵
声音那么小，把我们带到一座荒岛
大家正艰难地徒步时
屋内突然停电
有个孩子哭出声来
她发现了，漆黑中雪白的你。

空

"空"忽隐忽现
有时我们捉住它，想将其
刻上花纹，放在炉内烧制
做成好看的器物供奉起来

这很难。

我们没有耐心做这么难的事
月牙瘦小
爱也变得稀薄
一个孩子孤独地坐在石阶上
拿着瘪掉的气球
"空"就站在她周围

铁

一块铁充满了缺点和矛盾
一块铁不屑于做铁
但又做不了别的，只能被铁匠
锻打成容器或利器

一块铁拥有天堂
也有从地底下挖掘出来的经历
更多的时候，是在人间
在寻常百姓的案板上
当它切开鲜艳的果子时
月亮就在夜里点起了灯。

在火车上

你们多次谈论到父母
包括他们初次进城时的表情和语气

我暗暗想象他们的模样——
粗布衣裤，装满土特产的竹篓
刚踏上电梯时的惊慌

你们不时发出心满意足的笑声
我低着头慢慢剥开青橘，没说一句话。
我没有了父亲
也没有了母亲

芦荻花和月亮

我们彼此张望，在湖的两岸。
我看见血红色的月亮
掉进水里
风一吹，它的眼角就有了褶皱
有人试着用呐喊打破这暗夜
但它岿然不动，异常平静。
从山上望下去，湖水仿佛是落在山间的
一滴泪水，闪着皎洁的光。
我忍住莫名的悲伤
从一群赏月的孩子中间穿过去
独自向东走去。大片的芦荻花
始终与风在一起。
我靠近它们的白茫茫。
我们一生中所有的起伏
今夜只剩下，胸前那抹雪了。

大雾弥漫

对面走过来的人，顶着
乳白色的帽子
他有名字，但我不知道。
雾也有自己的名字
比如张庄的雾，宁村的雾
瘦成一缕或胖成一团的雾

它们看起来有点难过
大面积地弥漫过来
大家正往山上爬，发现双脚消失了。
我们悬浮在半山腰，仿佛并未走动
只是大雾用一辆独轮车
在推着整座山向前慢行

我们是如何做到的

一只猫趴在桌子上，没有风
这是我要强调的。
它嘴角最下方的一根胡须
却在抖动。只允许一根抖动
它是如何做到的？

坐在对面的蒲团上
阳光从头顶倾泻下来
我惊奇地发现前额上，也有
一根发丝在动

我们什么也没做
那么是谁？无限的宇宙？
它有这种能力，在奔跑时
只让其中一根毛发跳舞
而其他的必须保持安静

一只松鼠和燕子有什么不同

七月先后下过几场雨
每一场，都为忧伤做了记录
是雀跃的忧伤
像我爬山遇到的那只松鼠
它抱着机灵和惊恐
在树林中跳上跳下

窗前的燕子却什么都不做
仅仅站在晾衣架上
与一件滴水的白衬衣在一起
整个世界都会变得安宁

白　鹭

从畲族的旧村落回来时
发现零星的稻田，还保持着深黄。
雨越下越急，一只白鹭飞过来
落在低矮的电线上

这突如其来的力
让电流在它两脚之间
颤抖了几下后一路向西
我们向北。白鹭则低头
穿过雨水南去

留　白

钉子让我对铁有了敌意
因为写诗，他人觉得我难以接近。
一个花盆送走了它枯死的朋友
如今长满了莫名的叶子。

这个人间不想留白
要那么多劈头盖脸的雪有什么用？
要那么多熬红的眼睛有什么用？
请试着去读读诗吧
避开刀锋去摸摸汉字的脸。
试着去理解，一个骄傲的人
也有窘迫的时候
当他先后两次为汽车更换了发动机
却听不到半点噪音

2018 年的最后一天

去阳台上浇花
喷壶洒出明澈的水线
从植物的颈部流到花蕊上
语言被重新注入不可捉摸的想象
我又有了写作的冲动
是带有悲哀的冲动

坐在院子摇椅上的孕妇
正播放班得瑞的轻音乐
阳光晒着她的腹部，一想到这个胎儿
吮着手指，在黑暗中支起耳朵
倾听外面的世界
我这把钝刀
又被希望磨出了锋刃

阳台所见

一天都没出去。
来回移动着几盆植物
我是它们的腿
帮它们追着光。

楼下的石榴树，落光了叶子
一只猫爬上去
黑色的花纹，隐藏在树枝里
树欢喜地接纳了它
它就是树的一部分。

树下的两位老妇人
头顶着白雪，交谈甚欢
而她们的孙女
茂盛如青草，环绕其身旁

与友闲谈

玉露尚在襁褓之中
绿梅已完成了所有的花。
你问我如此热衷于植物
从中得到了什么
那么，你是否见过嫩芽
掀翻泥土的一瞬
是否见过阵痛打开花蕾的骨盆
流星忽然从天际涌出？

你回答没有。
又问我还有欲望吗？
关于表达。
我说偶尔，但不是常常。
如果无法在沉默中获取平静
你会发现一堆雪，越来越矮小
最先背叛自己的，是与外界频繁
接触的部分

还在爱吗？

即使有些事让人失望。

是的，当四周阒静

我赤脚站在地板上，看到汗水

在熟睡少年的额头上奔跑

积　雪

把嘈杂的积雪铲走
天真的积雪铲走
用大一点的铁锹，来更多的人
把不知所措的积雪铲走
沮丧的积雪铲走。

好大的一堆雪啊
汗水和眼泪掉进去，消失了
一只麻雀死在里面，也只露出绝望的头顶
有时，我们需要一场形式上的悲剧
所有的黑铁锹肃立在侧
大货车轰鸣着将它运走

己亥年初春

重复并非都是坏事
玉兰树缀满花蕾
它又要开了

此刻，阳光穿透了我
仿佛骨骼清晰可见
鹦鹉也用一具小小的骨架
跳到我的手臂，肩头上

当我们放弃了遮掩
那种感觉好极了
犹如镰刀坦率，割去春韭的长衫

芭蕉树下

在阿朵小镇
黛瓦白墙之下
我们讨论一棵芭蕉是如何
在北方长得这么俊朗
而有耐心。

月光下是那般模样
雨中又是另一种姿态
宽大叶片如两手张开
掬着半盏碧水。

等季节再深入些
它便是高启笔下的"窗前书叶破"了
可破了的"书叶",仍是叶
残了的诗句,也还是诗句。
因此寒冬来时,一场大雪也轻轻
避开了它,走了别的路径

空花盆

在耐冬和桂树之间
有个空花盆
它存在的意义，不只局限于植物
有时会因为忽略
被种上寒冷和孤寂。

我与它并排坐着
暮色一点点吞没了我们
当看不清彼此时
巨大的虚无感，突然袭来
紧紧攫住两个空了的身体

白马河的石头

白马河里寻不到白马
白马河有很多石头

如果大雨漫过河谷
石头就是一群白马
沿着流水的方向奔跑

白马河的石头
从来不觉得自己只是石头
它们有时更像是你
迎面撞上的某个故人

坐在那里
我们不说话，也是一块石头

一种高于炊烟的事物

炊烟并不能让我快乐
虽然那是长途跋涉后所期盼的。
一种高于炊烟的事物
带我爬上山巅
不是风，也不是闪电。
它有时太暴躁
不给我辩驳的机会

一种高于炊烟的事物
究竟是什么？
黄昏迫近，我捡起一枚松果
朝山下的小城扔去
我看见它在急速地旋转
松子在半空中分离
地面的人群，因它的坠落
而慌张地散去

两个年轻人

雾气散尽
两岸染着薄绿，活泼起来
他们赤脚在溪流中走着
水清且浅。
鱼可见，沙石水草亦可见
白鹭低头喝水
飞机从它的翅膀上经过。

笑声像被筛子筛过
那般干净柔软
当他说爱，她立刻做出了回应

卖桃子记

十岁那年，桃子在树上的喜悦
和地摊上的落寞，不成比例
父亲为此脸上现出愁容
如果不能换来几袋米
要这些果子有什么用？
如果不能给孩子换来一双球鞋
让劳作的妻子露出笑容
很快就会腐烂的果子
有什么用？

我坐在马车里，背对着沉默赶车的父亲
看见地上的车辙
在微雨中像两个讨债的人
紧紧跟着我们

离家越来越近，我只希望母亲
不要像往常那样等在村口

第二辑

另一种寂静

朴　树

一棵朴树站在那里
只有戴菊，这种小体积的鸟
才能穿过如此密集的果实
我惊异于一棵树所爆发的能量
是爱，大于悔恨。

靠着它的树干
我们确已进入中年
但未在秒针上松动。
我们还有时间知道——
蛛网和虫噬的必要
偏执的必要
适当柔软的必要

时间在轻微地裂开

一只鸟
也无法拒绝百合的香气
当它回头，时间在轻微地裂开

花朵犹如滚过胭脂的豹子
站在阳光之上，斑点闪耀。
它几乎令人忘记了
生活的困顿，言语的疲乏
更顾不上思虑一双湿重的鞋子
在迷茫中，如何抵达清晰之境。

只有迅速起身，记下这一瞬
因为用不了多久，豹子们
将褪去鲜衣，一一跃下枝头
消隐于时间的背面

仍抱有希望

回到十一月
在深秋埋下一些角堇的种子。
不奢望叶片从它针尖大的体内
突然冒出来。但仍抱有希望。
对待微弱的事物
我格外小心翼翼。

用明亮的色彩，掩饰深处的悲伤
是中年惯用的手法。
犹如面对病中亲人，每一次
虚无的安慰，都是自我的折磨。

但仍抱有希望。在大雪来临之前
如果能看懂石头上的薄霜
是怎样从外向内
慢慢打动了自己

忽一日

庙外，闹市。
耍猴的，被猴子骑到头上
吹糖人的，苦着一张脸
算命的，爬到高树上挂旗子
他专注于旗子，大于命运。

天还没黑，庙内的白玉兰
忍不住，一片片剥开了自己。

关于写诗

写诗让我保持冷静。

这么多年来，词语带给我的安慰
如同雪地里的火。我迫不及待地
靠近和使用它们
当它们顺从，组成一支队伍
并赋予微小的事物呼吸。

又仿佛是一场风暴
果子落地腐烂，散发出软弱的甜味
但大雨过后，仍不得不裸露出
痛苦的内核

孤独的果实

你仰望，却从未得到过
想要的雪。它寒冷着你的双手
或者心，你在它身上留下过脚印
用温度把它融化成水。
但所有的作为，都是失望的
一只麻雀的鸣叫，纤细的爪子
足以让它瞬间心碎，你的奔跑
远不及它从松树上
跌落下来的速度。
大家都在忙碌，等待鞭炮的声音响起
只有风是寂寞的，在雪地上徘徊
但你真的不愿意，同一只松鼠说话
它没有溢美之词。
它的长尾巴，背对着你。
它正低着头，不停地往洞内
搬运孤独的果实

泡　沫

挖沙的船沉了下去
一群水母浮出来
穿白衣服的年轻母亲
匆忙把网兜放到海里
却只捞起了泡沫
她怀里幼小的孩子，还不能准确地
使用语言表达
只是"啊啊啊"兴奋地叫着
这是他来到人世间后
第一次看见泡沫

雪下得并不漂亮

大人们只是隔窗看看
雪已成为他们生活的经验
漂亮与否，没那么重要。
可孩子们，仍兴冲冲跑进
空地里挖雪，其实挖进桶里的
大多是沙子

他们喜欢在沙子和薄雪之间
寻找一种新鲜的方式，进入冬天。
所谓的暮气沉沉，是从什么时候
开始占据身心了呢？
当我站在窗前擦拭某件旧物
看见两只石狮子蹲在雪里
一丛水仙自瓷盆里跃出
它们都怀有天真，还不知美貌和衰老
究竟有何意义

寺阁山的路

如果本身没那么清晰
才会陷入无边的混沌之中
一个老者赶着牛车，在山下的雾里走
牛犊时常停下啃草
他不得不大声进行驱赶。

但是通往寺阁山的路，明显有着
温和的好脾气
它不需要一条鞭子
每天都独自上山，又独自下山

画自己

在折扇上画自己
遇见熟人，扇子合起
遇见陌生者，将其打开
他们会看到扇面上——
那个潦草的我
虚无的我
一望无际的我
黑白分明的我
被我折来折去的我

年轻的画家

一个年轻的画家
穿粗布衣衫，吃简单的饭菜
只画工笔花鸟。

一丛兰花依着山石
两只雀鸟嘴里衔着白雪。
时间如墨，滴在细枝末节中
案头有几方旧砚台
笔尖上停着半阕诗词
四五竿竹子，半掩着雕花木窗

因了这些，我突然觉得
生活似乎没那么沉重
春风正撼动着蝴蝶的翅膀

我需要一首诗

难以自持
当我在悲伤里突然醒来
我确信，在梦里丢失了自己。
乱哄哄的车厢里，我从脑袋的
缝隙中看见了一小块天空
它害羞地露出了蓝色的额头

我把焦躁从左手转到右手
杯子的水，泼溅出来
我需要一首诗。就是现在
用来平息内心的风暴。
当我掏出纸笔时，汽车恰好途经一片果园
粗壮的枝丫伸过来，果实悬垂着
它们在我的瞳孔里，被迅速地放大
仿佛马上就要成熟，落地，腐烂
露出坚硬的内核。
然后入地，发芽，再次开出繁密的花朵。

楼下的石榴树

春夜站在阳台
曾见你在雨里擎着一树火焰
那种决绝地燃烧，我能够体会。

当再次路过那家劣质塑料品店
发现刺鼻的气味里，怀孕女人的腰腹
圆滚了许多。你也执意结了果实。

那时我在烈日下，低头踢着石子
突然感到一种无望。

等到天凉露白
你一边把果实和麻雀
高高举在头顶，一边把火热的内心
轻轻地剥开给我看

多希望这是真的

我梦见母亲活过来了
她扔掉拐杖，从苦楝树下走来
她开口说话，长出新的牙齿

和三十岁那年一样麻利
她绾起头发，烧火做饭
在餐桌上摆好碗筷
连连喊我们的乳名

是啊，我又有了母亲
我扑过去抱紧她，一边哭着
一边笑出了声

另一种语言

有时感觉语言有了局限
石头不能滚落到山下
樱树，斜在峭壁上

我的祖辈，都是农民
他们被犁伤害
又离不开土地

火车呼啸而至
弄出很大的动静
不过是按着既定的轨迹

还是看看海水吧
它填满了虚空
就要溢出时，又迅速撤回

而凤头鸊鷉，海鸥和船
是另一种语言
浮在深蓝的水面上

2019 年的第一场小雪

落了雪的木栈道
是站在海里的白钢琴
没有手来弹奏
它是寂寞的。

当我出现
用覆着灰尘的鞋子踩下去
瞬间破坏了
神所赋予它的完美

它接受这不完美
并发出第一个音符。

旧布兜

天晴云少
大片的阳光倒伏在田野上
栾树正用火车的速度在窗外飞奔
那一闪而过的悲伤
来自邻座一位母亲的旧布兜
她要北上，去找两个月没有音讯
在外打工的儿子

一路上，被失望和希望
反复装满的旧布兜
紧紧攥在她的手里
既放不下，也倒不空。

霜降日有感

坐在台阶上
看一棵楸树，它有些年岁了
在错综复杂的荆棘中
坚持了向上的自我。
无人修剪，枝丫也进行了
合理的分布

一棵树竟如此聪慧
懂得避开生存的矛盾
而我们写诗时，常常
被一种情绪所困
并追问其意义何在。

一首诗可以随时修改和放弃
我们却无法在写坏了的生活上
增减或挪动任何一个词

只要不动，我就是零

2019 年 11 月 18 日中午
我站在中国水准零点（青岛）
一想到海拔为零，莫名感到兴奋
仿佛伸手按下了人生记录的清空键
想寻找中年，少年和童年的我
已不可能。想寻找那个坏的
或者好的我，已不可能。

我闭着眼站在那里
一动也不动。

只要不动，重复和厌倦就没有开始的机会
只要不动，这几十年来
不停抽我向上向上的鞭子
就会骤然消失

只要不动，我就是零。

我像往常那样走向大海

长久地站在松树后面看海
发现海水并不逾矩
只在松针之间涌动
松树小部分的柔情，给了松脂
大部分的尖锐指向我
令彼此之间，有了紧张的关系

我只能快步穿过它们
像往常那样走向大海
与岸边石柱上的麻雀们站在一起
我们都想学习海鸥
统领无限的孤独，又惧怕海的坦荡
只稍作停留
又回到嘈杂的人群中去

银杏树下所思

一棵发怒的银杏树
思想滚烫，每片叶子闪耀着
出众的光芒
我从树下经过
想起哈姆雷特曾说：
"他利用戏剧设下的陷阱
来捕捉他人的意识"

坐在落叶上
我琢磨着"陷阱"一词
似乎并不懊悔这些年
语言所设下的陷阱——
大多数时候，我在黑夜里捕捉
一只萤火虫，最终又小心地
把它交还给黑夜

没有一场雪落下来

也没有雨。
三四个丑橘，坐在窗台上
月光并不能填满它们浑身的缺陷

到了半夜
听到楼下流水和鱼
翻身的声音
其实，池里的水早就没了
更遑论有鱼。

还有那把悬在对面墙上的剑
亦有十余载，从未在夜里出过鞘
我没有动它的企图
它也没有动我的意思

清晨六点钟

这是一天中最恍惚的时刻
它们是鹦鹉，但没有学舌
它们叫它们自己的。

我睁开眼睛
在心里与它们合奏。
此起彼伏的歌唱
不给屋子留有任何空隙。
就连三五枝干瘪空洞的莲蓬
也灌满了鸟鸣。

又有谁会忽略此刻呢？
欢喜像搁浅的船只
被海水慢慢举起来
悲伤自觉地退到了门后。

2020 年的第一天

天气晴好，我在阳台上睡着了
梦见高大的玻璃
立于天地之间
犹如过去，现在和未来之门
有的已关闭，有的还未开启
透明但无法穿越。

我留下来
继续与幽深的时间发生碰撞
并找到它的薄弱之处
当它出现裂缝时
巨大的海浪忽然涌入。

我惊醒，发现自己
正坐在"现在的门"里——
煮茶器沸腾着过去的泉水
一盘未来之棋，被鹦鹉打翻在地

来不及

反复洗手
希望流水冲掉可疑的幻象。
路过公园
以为在一段树枝上
就能找到花朵走来的路径。

仍是雨，雪不会来了。
如果你还没经历过深渊
请在凌晨听听，一个人哭喊
却没有任何人给他回应

鸟巢湿透，马路积水
无数汽车从这里疾驰
每个人都想躲避泥水，唯恐溅到身上
但已来不及了

立春日

从南方的朋友那里得知
一小部分春意开始拱动土壤
露水在苔藓上做了记号。

所有活着的事物
都在自然界的轮回中，准确找到了
明亮，或阴蔽的位置。

唯石头和逝者一直恪守着沉默
大地没有给他们，辩解与复活的机会

语言穷尽时

再没有比下一场大雪
更能准确地表达
这寂静无声的悲伤了

只有雪自己在走路

无鸟，也无人
只有雪自己在走
精神恍惚，悄无声息。
它一遍遍地走
从白天走到夜里
从这栋楼走到那栋楼
从阳台走到屋顶。

当树枝倾斜，它翻墙进了院子
在一张椅子上坐下
雪把自己堆起来
在椅子上努力维持一个人的形状
它抬起头，看见更多的雪
从山的后面涌来

赞美雨滴

这些雨的孩子
在栏杆上一一排列
有的略胖，有的单薄些
都有着纯净善良的眼睛
它们不愿就此落入污泥
我赞美它们，在命悬一线时
紧紧抓住了栏杆。

送　别

春雨使草木和湖水
各自长高一寸
三只鸭子，像三支短箭
射向湖的中心。

垂柳遮眼，不能抵达更远的田野
在水雾模糊的天地中
隐隐听到有人唱《送别》
可长亭古道皆无
亲人和知己又在哪里？
连浊酒也不能奉上一杯
请雨水下得从容一点
陪那些孤单离去的人们
慢慢走上一程

山间一树梅

一树梅站在山间
没有其他的梅花。
一树梅没有修剪过
是梅应有的姿态。

除了它，看不出
春意四面埋伏，整座山仍被荒芜
那巨大的包袱裹着。
它虽旁逸斜出
却不打探浮世悲欢。

梅香，也非林逋笔下的暗香
因为它来得太直接
不仅乱了人心和风的方向
一座倒了的孤塔，恍惚间
也被这突来的香气，慢慢扶了起来

站在大海中央

如果此时站在海的中央
想起一架钢琴，只有波浪
才敢前去弹奏的悲伤
作为听众，还没找到一种
妥帖的方式进入，这远非
一个人的沮丧。

波浪依然推搡着波浪
哀曲何时终了？
没有答案。所能确定的
这是崭新的一天，已经开始

我的邻居

是一棵玉兰树。
在光线充足的时候
我会拥有两棵——
白玉兰的影子投过来
墙上就开了一树黑玉兰。

树上的花朵变成两倍
鸟雀同样。我时常从多出的
花瓣和羽毛中，获取自由的想象。

之前，从没想过
这个严肃的问题。
直到昨天，我安静的
从不说话的邻居，没打任何招呼
留下一个深坑。

挖掘机挖走了它
连同它修长的影子。

大风来临

深夜，听到风推着一些重物在走
水桶，花架，广告牌？
自行车"哐啷"倒地。
未起床，仅凭声音就能分辨
大风已然来临。

我感觉到花瓶轻微地抖动
聚拢在百合花周围的黑
向外扩散，并逐渐变淡
我伸出手指比量
在白花瓣和黑夜之间
大约有两厘米宽的灰色
在缓慢地过渡

一种本能

给植物浇水
楼上的孩子在玩乒乓球
清脆的弹跳声敲击着我的头顶
大约持续了几十秒钟

小鹦鹉飞过来
将头埋在花盆里
兰花的叶子，垂在
它微微弓起的脊背上
羽毛蓝得纤毫毕现
我拍下这动人的瞬间。

要承认，趋向美好
是一种本能，阳光值得
为地戎草的嫩芽弯一弯腰

清晨所见

两只蚂蚁
往返于绣线菊白色的花朵之间
像两辆黑火车，在皑皑大雪上
一趟趟运送着晨光

此时南风

一朵白荷在细雨中转身
香气也随之旋转
在六十度的夹角里，有四五颗
雨珠滚动。观之良久
不事雕琢的美，很难令人回避。
未闻青蛙和翠鸟的叫声
亦不见蜻蜓飞来。

独自站在荷塘
此时南风，一到二级
吹不动我这个俗世里的人
也吹不动抱在一起的青雾。

另一种寂静

黄金草在伸展
每天都不一样
当你种下它们，会看到
一种寂静渐渐长满了花盆
不是刻意营造出来的
那种灰色的寂静。

它是愉悦的，像刚跳完绳的孩子
或飞翔的鸽子
停在某处休息时的寂静

夏日进山记

若藤蔓想用乡音绊倒你
无需理会，请径直走上石阶
登楼台，望远山
但见一条河流，有小指那么粗
在山涧绕来绕去。
偶尔被一块巨石挡住
以为断了去路，水忽地又在
另一处钻出来。

风是从山底爬上来的
气喘吁吁停在耳边
白色木香也因昨夜雾气浓重
几滴清泪在眼眶里噙着。
钟声传来三次
一座山寺暴露了藏身之处
林木涌动，隐约看见
暗黄的屋顶，走动的僧人。

天地苍茫之间，尤其羡慕那群白鹭

可上青天，能入稻田
想想尘世间，那诸多不如意
也尽在这半明半暗的云里了
不必说。

又下雨了

记不清楚这是人生中
经历的第几场雨
当我顺着泥泞的小路上山
差点因此摔伤。没有哪一滴雨
会从这个队列中出走
勇敢地下往别处，也没有哪一滴雨
会蹲下来将我扶起。

如果以为快跑会摆脱它们
那也是错的，它们在四面八方出现
以同样的腔调与我交谈。

这无法使我安静
等到了山顶，更加证实了这一点
雨水的到来，让整座山变得野蛮。
我听见了喜极而泣的声音
从草木干渴的身体里传来

轮　回

她生完孩子之后
感觉地球引力变强
令腹部松弛，意志消沉。

如今，这个少年从树上跳下来
牙齿和唇边都是浆果的汁液
他在树林里奔跑，然后扑进河里游泳。

上岸时，他的脸和胳膊晒得通红
但眼神清亮，充满野性。
她远远地看着，并清楚地知道
自己体内丢失的那头豹子
已不可避免地归来

每棵树都是一架梯子

雨在递进，用意味深长的方式
这时，每棵树都是一架梯子
雨水踩着树叶，一阶一阶往下走。
如果仔细倾听，像某种情绪
在双手之间起伏。
不是愤懑，不是兴奋
那是什么？
我走过去，离它更近一些
"是平静的衰老。"
我迅即回答了自己。

又见白鹭

一只白鹭，信赖这个世界上
所有的湖水。它不在乎
是否有人关注它，以及对它
两条细长的饰羽舞动时
发出的惊叹。
它也不过度思考，犹如干净的少女
站在石头上。

它的平静，让周遭的事物噤声。
而我们的平静
已被欲望和虚荣养大的树木
制成善奏的琴所打破

一种名叫蜻蜓的月季

我们坐在一堆滚圆的果子中间
所谈论的话题陷入了庸常。
这时，它在窗台上
突然开口说它叫蜻蜓。
一种轻纱薄翅，视觉灵敏
擅于点水的美丽昆虫？

遍寻不见蜻蜓踪影
它又从枝叶间探出淡紫的面庞
坚称自己就是蜻蜓。
我们站起来，靠近窗台
发现与常识里的"蜻蜓"有着巨大差别
这是一种动物和植物的差别
这是平庸之物不可能具备的美。

当群山在大雾中隐去真相
唯它每一个花瓣的线条
被信仰描述得无比清楚

向天真致敬

一只喜鹊经过楝树
未在树枝上栖息
盘旋之后，它最终选择了
窗外的晾衣架。

雨用最长的银线
接通了天地。
男孩擎伞拨开层层雨帘
向一个躲雨的老人跑去
雨声渐大，仍听到了
他的笑声和喜鹊的鸣叫
它和他都忘记了
时刻要保持好社交距离。

在恐慌的时日
人性的鞭子抽打着每个人
除了感佩那些勇敢者
有必要向天真致敬

如果你从未见过大海

也是有些遗憾的
就像我从未踏上草原
不能对一粒尘埃在大地静卧
和在马蹄上飞扬时的
差别给予见证。

从某种程度上讲
海水，就是茂盛的青草
大风吹拂时，众草的臣服
与海浪的前仆后继，是一样的。
那些船，如草原上的马匹
被渔民骑往大海深处
日暮，又从海里骑回到岸边
当绳子拴到铁锚上
马们才有了喘息的机会。

鱼是四处游动的野花
有时一群，有时孤傲一朵。
唯独时常出没的礁石

是最为严厉的长者
它有警告海的能力
也有掀翻马匹的可能。

你说从未见过大海
刚刚，一场雨和骑单车的女孩
同时经过这里，看着朵朵合欢落地
我想，她的遗憾
应该略大于你的遗憾

马远《寒江独钓图》

一舟
一翁
一钓竿
若干鱼在深处，搅动一江寒水
与饵周旋。
偶有零星鸟鸣传来，未见其踪影。
天地间有大虚空，藏于群山怀内
默不作声。

我的鹦鹉

它陪我喝茶，读书
听音乐，跳舞，尝试牙膏的味道
站在肩膀上看我展示厨艺
尤爱面条和米饭
甚至吃姜，吃辣椒，吃咸菜

我的鹦鹉
已经忘记了自己是一只鸟
或者它从没把我看作人类
它信任母亲一样信任我
时不时地生气，撒娇，耍点小心计

我的鹦鹉
是蓝色的，最初叫它小蓝
后来改成小乖，有时叫它乖子
每次朝我飞来时
我都会觉得自己也是一只鸟
只有它，才能看见
我两肋生有宽大的翅膀

第三辑

雨中听琴

暮春所思

一些诗人写脱俗的句子
却过着捉襟见肘的日子
可见，诗有时是婉转的
而生活过于粗鲁。

榆树下，两个孩子趴在地上
都想用圆滑的石子
击败对方，却不得要领。
大人们就会站出来指手画脚。

行至老屋的院子
被屋顶抛弃的几片碎瓦
不是全然没有用处
可以捡来养菖蒲。

青竹养眼，细雨净心
翻完这卷书，再读那卷书
万事万物，总有道理能讲

从薄霜到积雪
我们多么痛恨说教
却在说教中完成了一生

大象睡着了

一群大象踩着键盘来了
世界因此发出沉闷的声音
人们不得不藏起来，给它们让路。

大象见到了
从未见过的新鲜事物
有坚硬的，也有柔软的
但未必都喜欢。
它们推倒了栅栏和围墙
只有辽阔自在的风
才能与之相匹配。

在云南玉溪的山上
跋涉的大象终于睡着了
离乡的艰难和迷茫
已被飞鸟带到远处。

嘘——
大象睡着了。

云朵落进池塘
山野陷入寂静。
整个世界，都在耐心地
等它们醒来。

雾气渐渐退了

消隐的一切又回来了
绣球花正在感受重复的快乐
复制或者被复制
直到圆成一个花球。

灌木葱茏
一棵槐树去年冬天就死了
今年夏天依然挺拔地站着
和活着那样随风摇曳
不时有鸟落在上面筑巢。

除了不再枝繁叶茂
它真的和活着一样
久久地注视着我和灼热的时间
从它的眼皮底下逃过

这就是四月

一个人提着琴从草地上穿过
不会记得他的琴弦
曾拨弄过露水的命运

群鸟纷纷落下，屏住呼吸
是琴声打动了它们
但很快被高亢的旋律引到树间
那充满激情的枝头上
繁花汹涌，几乎不给余生
留有空隙

这就是四月。
当我们想起花神
她刚从远处赶来
山林的狂野和废墟的落寞
赋予了她双重的性格

时间的哽咽

路过驾校
看见几个年轻人在学车
争论着方向盘向左还是向右打。
人生一世
到底不如草木自在
没有既定的约束
也不用担心生老病死。

春风一吹，就漫山遍野地开啊落啊。
它们不会和我一样
老是听见时间的哽咽
在夜里
在身后。

献出最后的美

一个不会说话的人过河时
腰间的斧头掉进水里
整条河，都闪着寒光

他在深山里徘徊
然后停下来，专注地砍着什么
我不认为那只是一棵楝树
它应是一个长了十多年
越来越坚定的词
正被利器伤害

树是另一个失声者
但它的心里没有仇恨
当他把它扛在肩上
丛林慌乱，紫色的花朵
纷纷从树冠上落下来

即使死亡，一棵树
也甘愿献出最后的美。

抽　屉

深夜暴雨如瀑
泥石滚落，鸟兽惊慌
水在大地上浮起来

失眠起身，把书桌的抽屉拉开
发现里面没有身份证，信用卡
剪刀和零钱。只有一叠
空白的稿纸和两支新笔
显得平静而有教养。
在它们与这个世界
发生复杂的关系之前
我不得不制止了伸出去的右手。

我们不可能拥有更多

所认识的植物中
松针这种叶子，颇令人费解
又尖锐，又让我觉得踏实
它在树底落下厚厚一层
踩下去，竟想到了平原上的雪。

松树下并没有找到菌类
在一扇打开的冰箱门里
蘑菇钻出来，它们还活着
在保鲜膜里生长。

在沙发上坐下，两只鹦鹉先后飞来
跟我一起厮磨
时光最终都在羽毛交替中消失。
我们不可能拥有更多
真的。
当你仍觉得太少。

结实的影子

从悲伤的情绪中
平静下来，才发现
母亲给予的爱，在心里打下的
基石如此牢固。

当我爬上屋顶的平台
紧挨着晾晒的玉米
慢慢躺下去
在这片炫目的金黄中
看到了母亲生动的脸

她在台阶上站着
无论多大的风，都无法撼动
她结实的影子

微醺之时

群山寂寥
在抒情与叙述中
最好选择饮下杯中酒
泡沫是暂时的，也是长久的
请随时做好满和空的准备。

这时倾听一首陌生的曲子
尾音是一滴蜂蜜
甜蜜拉得越长，越容易坠落到山谷。
一窝小鹌鹑叫个不停，许是它们
年轻的母亲，在春光中迷了路。

我们试着在黑夜里喊一嗓子
声音让群山的脊背隆起
呈现了不同寻常的美

坐在椅子上的女人

一把椅子挡住冰箱的门
上面搭着男人的外套，孩子的围巾
很少有人坐。它时常被主人挪动
发出"咯吱"的声音。

乡下的女人坐在上面
当老板的表哥让她挪动过三次
他一次拿可乐
一次拿西瓜
一次放剩下的西瓜

她低头盯着双脚
她想要一份工作

无可替代

总以为眼泪流光了
然而不是。
当有个十二岁的孩子
深夜离家出走，对警察说
他想去妈妈的坟墓上看看。

只有亲爱的妈妈
才不会让我们感到恐惧
即使隔着死亡的屏障
她还是我们的妈妈
不会成为别人的妈妈
没有人，能成为我们的妈妈

即使她离开了很久
久到忘记了
她的右手还是左手
遇冷就会裂开伤口
她仍是我们的，带有伤口的妈妈

骑自行车的孩子

大地和风
给了自行车阻力
骑车的孩子，双脚铆足了劲
为了登上小山坡。

从坡底往上看
一棵楸树正在盛花期
他骑行到那里，头顶恰好戴上了
这巨大的花冠

年轻的母亲，跟在后面
喊着他的乳名
那声音像一滴雨，在下降的过程
被反复磨损，变细
直到在车轮中消失

干燥的小孩

盘桓两日
雨又来了，下在
心律不齐的楼群里
雨点从疏到密
直到整块玻璃变成了水。

我开着车
雨水和油门一路较劲
来到相距仅十公里的小镇后
我有些吃惊，此地竟滴雨未落
两个干燥的小孩，吃着雪糕
从我湿淋淋的车子面前经过

山间客栈

他半辈子都守在这间客栈
极少开口说话，他最擅长掌控的
就是从不让食物的香气
背叛手中油亮的刀

在青山与白云之间
他黑塔一样站在案板前
专注地把肉，切成檀皮纸般的薄片
又在盘子里变成游鱼与莲花

我从未见过一个如此吝啬言语的商人
也从未见过一个把刀用得这样温柔的庖丁

卡佛和玛丽安

出于对两个人的热爱
我把老家院子的两棵梧桐
命名为卡佛和玛丽安。

卡佛比玛丽安粗壮一些
而玛丽安，更愿意开花
浓烈的紫，高于一道土墙。

秋天，树上除了几个干瘪的果实
什么都没有。
就像他们流浪，辗转于许多地方
穷困是一条忠诚的狗。

这些年，他们虽躲过
无数闪电和暴雨
但最终没逃过一场台风
卡佛从腰部折断。

院子里只剩下苍老的玛丽安了
我走过去拍拍树干
没有给我任何回应
这才发现她的心已经空了

影 子

她大声呼喊
请求我停止奔跑。黑暗中
她的呼吸起伏，令发丝轻颤。

我一生的悲喜，这唯一的亲历者
将陪我到最后一刻。

在凌晨，分明感到她在翻身
然后低泣。
但亲爱的，现在没有光
我又能为你做些什么

雨中听琴

她在亭子里弹古琴
荷花是去年的荷花
石头更传统一些
覆着苍老的苔绿。

没有情绪的酝酿
雷声来得突兀
小鱼在荷叶下探头
莲子大的雨点，直直落入湖中
抹、挑、勾、剔……
她的手指在弦上迅速地移动
雷声催不动内向的美
许久，也未打开荷花的一瓣

一曲终了，她旁若无人地
对着天地作了一揖
然后抱琴，同大雨一起离去

月下芭蕉

北方人对于芭蕉
时常会勾勒一种想象——
将它栽种于窗下
雨露饱满，绿意肥大
笼罩着多半个窗。

夜里，细细的月光
从叶片的缝隙中
漏一丁点到凉席上去
照着两只小虫的纱翅。

不必开花，无需结果
就那么无所事事地绿着就好。

梯　子

清晨，我在镜子里探究自己
到底有了哪些变化
然后去院子里，用老式相机
记录即将消失的一切

树上的鸟，啁啾着
我们对视的同时
在语言里找到了梯子
它后背挺直，长着一张陌生人的脸
我们往上爬
为了更快地接近危险

我有一只蓝色的鸟

只有蓝色才没有违背
我对一只鸟的期待。

它站在花盆上
那经历过水火的陶器
平静地接受了它爪子
以外的空洞。

雷电不停在窗前闪过
秋雨迫不及待地扑在玻璃上
我们把头靠在一起
隔窗看雨滂沱，毛发却是干燥的
而静电像一头狮子
在看不见的地方横冲直撞

仍是孤独

近日，有风无雪
酒也寡淡。自己像个失声的唱片机
变得不爱说话。

泡茶前，水在壶里沸腾
我盯着白色的蒸汽出神
一百摄氏度也杀不死的孤独
生出了细小的锯齿
它究竟来自何处？
那么茂盛，肥硕的一丛

致 Y

她偏瘦，写长的诗
眼里，有淡青的雾气
在墙角种大片鸡冠花
与命运形成极大的反差。
沙子是她常用的暗器
一边迎风流泪
一边用其掩埋过去。

她相信过爱情
但玻璃瓶里的萤火虫
那微不足道的光亮
很容易熄灭。怎比得上远山和白雪
一匹马，驮着自由的星星飞奔山谷

我仰慕，却从未见过她
如果此生还有相遇的可能
我会径直走过去
紧紧拥抱她，然后向她问好

自言自语

长久以来，我失去了听众。
越冬的鸟，站在窗外褐色的石头上。
是褐色，这点我非常肯定
一种稳重，不会扰乱内心的颜色。

客厅的松木桌子，树皮留在木匠家里
松鼠跳到了别的树上
它的榫卯很谨慎，不敢有丝毫松懈
也就是说一棵松树离开森林后
发生了更多的境况。

松木桌子的隔壁
住着制造音乐的中年人
我更喜欢他鲁莽的小儿子
追赶着一群麻雀

黄昏来临，我站起来往陶罐里
插入两枝绿菊
为了让这个黑色的朋友
使用另一种方式同我说话。

无用的快乐

果园旁边
有四五棵高大的橡树
我们小时候常常跑过去
一人用力摇晃树干，另一人张开裙摆
橡子带着诧异击中我们的头顶
我们爱那些光滑的果实
不仅仅因为它有精致的花边
还有流星坠落般的恍惚。

那时大人们正忙于
把苹果摘到筐里
他们视橡子为无用的果实
我们蹲在树下，拨开草丛
认真寻找那种无用的快乐

来　福

小超市门口
有条狗像在履行某种仪式
先围着空椅子转一圈
之后才在旁边趴下来

那把椅子的主人
刚离世不久，但他的气味残存
在椅子扶手或者椅背上
虚弱地游走。对嗅觉灵敏的狗来说
这已经足够。也许它闭上眼
就能感觉到主人的手
在抚摸着自己的头顶。

两个月后，再次路过这里
发现椅子已经不见了
一个破沙发堆在门口。
"来福，来福！"
超市里有人喊着它的名字
它慢慢起身，放下怀里的
灰色旧拖鞋，从沙发上跳下来

在骨科门诊

向太多的事物低过头
导致颈部越来越紧张
当仰头的一瞬
一棵树从内部发生了裂痕
或者一架用旧的机器
齿轮之间出现了错位

医生的手，像一把锤子
突然纠正了这些年
我对一把椅子的误解。
之后去窗口排队，缴费，取药
走出医院的长廊
我细细琢磨着"卯榫"一词
对它有了新的认识

不确定

不确定哪一滴雨
是欢喜的，哪一滴是悲壮的
哪一滴被风接走
哪一滴装进我的口袋，而不是鞋子
它们是我的朋友，爱人或者孩子
在自行车的后座上
被我驮着穿街过巷
路过一个学校时，几个少年
说起梅西离开巴萨时
曾掉过眼泪。

我也有些黯然，停下时
发现雨滴已跳下车座，踪影全无。
而旁边的树上，果子成熟还早
它们绿得有些耀眼，有些得意
还不愿给觊觎者任何的借口

朋友们的猫

要好的几个朋友
表面上养的是猫
其实在喂养一道闪电
或者几团慵懒的静物。

如果它们从窗前跃过
在黑夜里，皎洁的月亮
就显得特别无辜。
它们时不时拖着唱腔
在窗帘后喵个不停，长尾生动
恍若戏人的水袖轻舞。

对于睡眠深度热爱者
随意将自己扔在哪里
便可轻松进入另一个世界
而失眠的主人们，在灯下
为造一个漂亮的句子而苦恼。

它们大多来历不明
躲在路边，树丛，车底下
眼神闪烁，行动谨慎。
她们给了猫们安身之处
并分别起名为——
铁蛋，小默，安妮，元宝，花豹，等等
在宠物医院和家之间
往往是猫先治愈了她们

这些江湖上捕风捉影的高手
随时会亮出利爪，且轻功了得
走路不仅会把声音藏起来
还可以在雪地里，印上梅花章

"猫从来不是一般意义上的动物
而是天生的艺术家……"
朋友话音未落
猫将她手中的毛笔扑倒
另一只猫，在纸上迅速长大

橙　子

橙子本身是个容器
汁液甜美，虽满却不溢。
如果同样悬于危崖
它比一列火车从容。
所以她讲了几种打开橙子的方法
我都没有在意
无非是让伤害看起来更体面
吃相更优雅一点
但这与橙子有何干？

我坐在那里翻看一本画册
迷上了画家乔治·莱斯利·亨特的静物
有果实，盘子和花卉。但没有刀叉。
并用了舒服的色彩来进行描述。
不错，他给予了沉默的事物
最基本的一种尊重

雨没有躲避雨

所以越下越大。
很多人的面目变得模糊
忘记了爱，忘记了恨，忘记了音乐
会在身体内部弹奏起伏。
他们平庸地穿梭在雨里
打着伞，夹着包
让一双鞋子在大街上
平白无故地淋着，淋着

偶　得

最近，我感到语言
像内衣的蕾丝花边被肌肤磨损
带着体温的宽松，在夜里安睡。
也许，它还是一根孤独的弹簧
当我沉迷于此，反复将其拉开
发现它并不急于弹回去
而是在返回的路上，尝试着
坐在路边思考

唱歌的人不许掉眼泪

星星撒了谎
我以为次日将是明亮的一天
谁知乌云翻滚，大雨倾下。
广场上，车逃人散
只有短裙女孩，坚持用
一把黑伞遮住音箱
雨水急促，顺着脸颊流下来
她站在那里，像一只鹤
在引颈高歌——
唱歌的人不许掉眼泪，唱歌的人啊 *
不许掉眼泪

*引自歌曲《乌兰巴托的夜》。

如果不写诗

不写诗
没什么不好。
不写诗，有不写诗的事情要做。
每天都很忙
做饭，吃饭，上班，下班
清理垃圾。

时间如此茂密
浇不进去一滴水
时间如此坚硬
插不进去一根尖锐的针
让一些不痛不痒的诗流一点血

晚餐在厨房里

海的深处，刚刚经历一场地震。
我们的餐桌
只有很小的情绪在波动。

食材在烹饪之前
有的要剥掉外皮，有的需挤掉水分。
朋友们，饭前酒后
不要随便谈什么永恒
啤酒的泡沫
远远超出了杯子的容量
一些伪命题应该倒进锅内
用火来煮一煮

去吧，摆好干净的盘子和筷子
去吧，一个不怎么挑剔的胃
必先经过一双饥饿的眼睛

栾树的果实

我一个人站在那里
观察栾树的果实，一盏红的灯笼
将光收敛在内部

它身体细小的脉络
连接着四面八方，一下子照亮了
某种艰难的时刻。
一些人影在灯笼内晃动
有的是我见过的
更多的是陌生人

这种幻觉令人不安。
我打开果实，把两粒黑色的种子
撒进土里。人类无时无刻
不在进行着交易
但只有泥土与种子
或者泥土与逝者的交易
才是最为谦逊的交易

子非鱼

真是太好了
如此条理清晰的一个早晨
鱼正从大海灰蓝的肌肤中跃出
如果不是亲眼所见，很难体会到
"子非鱼，焉知鱼之乐"的意思
我坐到了栏杆上，浪花迭起
像一头狮子随时会扑过来
不一定是饥饿，有时是一种表演。

现在更多的鱼，加入欢乐的队伍
它们在庆祝什么
我并不懂。坐在岸上的画家
对着大海，画了一辆马车
却没有马。
只有两个轮子
向着无垠的未来滚动

午后爬山

循声望去，这座山的四角
系在寺庙的檐铃上
它摇晃，野菊随之发出声响。
心神不宁和倔强的人
都会在这里驻足片刻。
猫从橡树林里跃过
石路越发寂静，但已年过花甲
它生有莫名的情绪
正顺着虚无的烟囱往上走

局限性

你坐着
衰老占据了大半个沙发
头顶左侧的白发
令光线更加强烈
像是一座走到暮年的雪山
等待着消融。

你一动不动看着窗外
那里有条宽阔的河
窗框限制了它的流动
你只能看到岸边有座荒废的房子
和皮毛肮脏的羊们
被一根生硬的鞭子赶下了水

崂山遇猫记

是的，让我告诉你
我们所处的是深秋
霜降之后，流水中断
这座山已向内收敛。
一部分树叶落下，另一部分
在山谷里升起金色的光芒

这是植物令我反复感动的地方。
当然，猫冷静地站在石头上
无一丝慌乱，更没有摇尾乞怜
即使饥饿，也对欲望保持着距离

众人皆知山巅之险，低处之美妙
仍在拼命往上攀爬。
现在我停下来向它问好
将食物分享给它，虽察觉到我的善意
但它没有靠近。

就这么和它安静地坐着
那么多人在此经过
那么多大大小小的石头
用沉默布满了干涸的河道
无一例外，我们都将从水声喧哗
走向无声无息

大剧院

寒冷是抽象的
只有猫是具体的，脑袋
钻进了雪堆。

在不足二百米的地方
有座大剧院
悲剧自屋顶缓缓落下
人们涌进去，又出来
怀着莫须有的爱恨
把眼泪送给了手帕
和不相干的人。

我在猫的旁边，坐了下来
没错，只有猫是具体的
它用蓬松的尾巴
圈住这座拱形的大剧院
另一场喜剧即将开始

仅有的雪

落潮时
海水被某种力量抽走
一只水鸟站在岸边
泥滩的幽暗与它的白
如此鲜明，互不越界。
它沉默着，纵容这孤独
向海的两边渐渐扩大

此刻，它是我干裂眼睛里
仅有的雪。
当阳光一下子铺开
它左边的翅膀最先融化
滴下缓慢的水

别担心失去

在修剪植物时思考
是谁索要的更多
它们，还是我？
当我下意识地停下来
看见一只很小的绿蚂蚱
站在绣球的叶片上，一动不动。

你也想要做点什么吗？
那就以你为中心
向这个世界，借一把剪刀吧
和父亲那样果断
咔嚓咔嚓，咔嚓咔嚓
把树上腐烂的，枯萎的，多余的部分
全都剪下来。

"别担心失去，最终一切
都会在时间里重生。"
父亲站在空荡荡的田野说。

图书在版编目（CIP）数据

深蓝 / 小西著 . -- 青岛：中国海洋大学出版社，
2022. 4

ISBN 978-7-5670-3137-1

Ⅰ. ①深… Ⅱ. ①小… Ⅲ. ①诗集－中国－当代
Ⅳ. ① I227

中国版本图书馆 CIP 数据核字（2022）第 063541 号

终　　审：邵成军
封面设计：璞　　间

出版发行　中国海洋大学出版社
社　　址　青岛市香港东路 23 号　　　　　邮政编码　266071
出 版 人　杨立敏
网　　址　http://pub.ouc.edu.cn
电子信箱　yyf_press@sina.cn
订购电话　0532－82032573（传真）
责任编辑　杨亦飞　　　　　　　　　　　电　　话　0532－85902533
印　　制　广西壮族自治区地质印刷厂
版　　次　2022 年 6 月第 1 版
印　　次　2022 年 6 月第 1 次印刷
成品尺寸　135 mm ×200 mm
印　　张　5. 5
字　　数　130 千
印　　数　1～1 500
定　　价　56. 00 元
告 读 者：发现印装质量问题，请致电 0771-2263783，由印刷厂负责调换。